Post Anthropozän

ein utopischer Roman von

Karl-Heinz Haselmeyer

Fast berührte die Sonne den Horizont, den sie mit einer imposanten Mischung von Rottönen überzog. Die Farbenpracht spiegelte sich in der leicht bewegten See. Es wehte ein schwacher Wind. Nun war die schönste Tageszeit, oben an der Uferpromenade etwas entlang zu schlendern, um nach der Hitze des Tages noch vor dem Dunkelwerden die Lungen mit frischer Luft zu füllen. Das Hochdruckgebiet, das sich schon über eine Woche kaum verlagert hatte, brachte Hitzerekorde, die tagsüber keinen Aufenthalt im Freien duldeten. Vorerst waren es noch wenige Personen, die sich aus den temperierten Zimmern ihres Wohnblockes herauswagten. Das war nicht verwunderlich, denn in dieser Wohnanlage wohnten alte und sehr alte Menschen, die mit ihrer Gesundheit vorsichtig umgehen mussten.

Diese Siedlung war für Leute gebaut worden, die den aktiven Teil ihres Lebens hinter sich haben, und war auf die Bedürfnisse von Personen mit altersbedingten Behinderungen zugeschnitten. Alle Versorgungs- und Dienstleistungseinrichtungen waren in den Wohnblöcken voll automatisiert und leicht erreichbar. Die Wohnanlage wurde mit allem Lebensnotwendigem versorgt, war aber sonst autark und die Verwaltung und Organisation oblag der Verantwortung der Einwohner ohne Rücksicht auf ihr Alter.

Zur Landseite war die Uferpromenade mit Büschen und Bäumen bepflanzt, zwischen denen in kurzen Abständen überdachte Bänke eingefügt waren. Die Promenade zog sich in einer Höhe von fast zehn Metern an einem schmalen Strand entlang.

Die zum Teil hochbetagten Bewohner dieser strandnahen riesigen Siedlung gehörten zu der übergroßen Mehrheit der Weltbevölkerung, denn 75 Prozent der Menschen waren deutlich über 70 Jahre alt. Diese Generation stammte meist noch aus den Katastrophenjahren, in denen die Weltbevölkerung auf mehr als 10 Milliarden angestiegen war. Danach war durch einen starken Rückgang der Geburtenrate die Weltbevölkerung schon auf 8,5 Milliarden geschrumpft und befand sich weiterhin in einem erheblichen Rückgang.

Obwohl die angestrebte Bevölkerungsdichte noch lange nicht erreicht war, hatte man die feste

Erdoberfläche aufgeteilt in eine Hälfte, die von Menschen genutzt wurde, und eine andere Hälfte, in der sich die Biodiversität wieder erholen und frei ausdehnen konnte. Die Gebiete waren gegeneinander durch Absperrmaßnahmen gesichert. Diese Aufteilung war durch den Fortfall von Flächen der landwirtschaftlichen Produktion möglich geworden, denn die Ernährung der Menschheit war durch großtechnische Prozesse gesichert.

Eine Gruppe Männer, die aus dem Eingang ins Freie getreten waren, scharten sich um eine temperamentvolle Frau, die mit heftiger Gestik das Gespräch zu leiten schien. Gerda Hofer war in vergangener Zeit eine bekannte Schriftstellerin und Poetin gewesen, der man ihre 97 Lebensjahre nicht anmerkte. Einer ihrer Begleiter, ein großer schlanker Mann mit einem wirren weißen Haarkranz, der den braungebrannten Schädel umkränzte, legte ihr freundschaftlich seine Hand auf die Schulter. „Ist es nicht geradezu traumhaft, dieser stimmungsvolle Sonnenuntergang, den wir ohne jegliche Not genießen können? Wir haben alles, was wir zum Leben brauchen, nichts droht uns außer dem Zahn der Zeit und doch machen wir uns oft Sorgen. Sorgen um das, was einmal sein wird, wenn wir nicht mehr da sein werden." Strafend schaute Gerda Hofer den Sprecher an: „Verdirb nicht die schöne Stimmung, es ist nicht nur die Sorge um die Zukunft, es ist das Gefühl gänzlich nutzlos zu sein. Niemand braucht uns, wir werden versorgt, bis wir endgültig Platz machen." Lachend erwiderte der Angesprochene: „So nutzlos bist du wohl nicht, wir brauchen dich, ich freue mich schon jetzt darauf, dass du uns nach dem Abendessen wieder eines deiner Gedichte vorliest."

Für die Verbreitung von Literatur und Poesie war in der modernen Gesellschaft kein Platz mehr vorhanden außer in der digitalen Welt, aus der diese Generation ausgegrenzt war. Es gab keine Druckmedien, weder Buchverlage noch Zeitschriften. Alle Kulturzweige waren von der die digitale Welt beherrschenden jüngeren Generation auf digitale Medien beschränkt. Gerda Hofer konnte ihre Gedichte nur in ihrem kleinen Bekanntenkreis vortragen. „Kurt hat ganz recht", schaltete sich ein sehr korpulenter Mann mit einem gewaltigem grauen Bart, der bis auf die Wölbung seines dicken Bauches reichte, in das Gespräch ein. „Es mangelt uns an nichts, wir sind frei und gleichberechtigt. Als ich Kind war, hatten wenige Prozent der Menschheit fast alles und große Teile der Menschheit hungerten. Wir können uns dem Netz anschließen und uns dort einbringen oder wir können, wofür wir uns entschieden haben, ohne Einbindung in die KI bis zum Ende weiterleben, versorgt werden wir in jedem Fall." „Ich kann mir auch kein besseres Leben vorstellen", bemerkte Gerda Hofer, „aber sind wir nicht die letzten wirklichen Menschen mit unbeeinflusster Persönlichkeit? Es dauert nicht mehr so lange, dann sind wir nicht mehr da und die wenigen Neugeborenen auf der Erde werden in die Symbiose mit der KI hineingeboren werden. Sie werden nicht einmal mehr etwas lernen müssen, sie werden alles ohne Anstrengung erhalten. Wenn wir nicht mehr da sind, ist die Erde nicht mehr überbevölkert und kann sich weiterhin erholen, aber die Menschen haben dann ihre Eigenständigkeit verloren. Lasst uns zurückgehen, es sind zu viele Menschen hinausgekommen, es gibt Gedränge auf der Promenade und außerdem gehen die Lichter schon an, es wird schon dunkel."

In vergangenen Jahrzehnten waren große Veränderungen vor sich gegangen. Die jüngeren Generationen und kleine Teile der älteren waren mit der KI zu einer Einheit verschmolzen. Man sah es gleich an dem Käppi, das sie auf kahlgeschorenem Kopf trugen. Sie waren fest verbunden mit dem riesigen Datennetz, das ihnen unendliche Ressourcen zur Verfügung stellte. Die Kappe stellte den Zugang zu dem digitalem Netz her und war außerdem die Schnittstelle zwischen den Vorgängen in menschlichen Gehirnen und den Vorgängen in den künstlichen Neuronen, die die Künstliche Intelligenz hervorbrachten. Ein externer Zugang zu der KI war nicht mehr vorgesehen.

Der überwiegende Teil der Menschheit, vorwiegend die älteren, hatte darauf verzichtet, mit dem Netz fest verbunden zu werden und war dadurch vom Datennetz ausgeschlossen. Ebenso ausgeschlossen waren sie von der gesellschaftlichen Willensbildung und damit auch von jeder Verantwortung für das irdische Leben. Sie wurden gut versorgt, konnten für ihre persönlichen Belange selbst aufkommen, hatten aber für das Weltgeschehen keinerlei Befugnisse.

Die Geburtenrate war auf dem niedrigsten Stand seit Menschengedenken. Der Sterberate von jährlich annähernd hundert Millionen stand eine Geburtenrate von jährlich etwas über neun Millionen gegenüber. Es war abzusehen, dass sich in überschaubarer Zukunft die Weltbevölkerung auf etwa zwei Milliarden einpendeln würde.

Nach dem gemeinsamen Essen in einer Kantine des Wohnblocks wurde Gerda Hofer aufgefordert, das versprochene Gedicht zum Besten zu geben. Ohne sich zu zieren, sagte sie, dass sie bei dem Spaziergang vor dem Essen einen Einfall gehabt habe. Sie würde das noch unfertige kleine Gedicht vortragen und bitte um Nachsicht, da es noch nicht ausgearbeitet sei. Die entstandenen Stille füllte sich mit ihrer warmen Altstimme.

„Schon halb versunken erstrahlt mit Pracht die Lebensspenderin.

Gewiss ist uns, dass nach der Nacht stets folgt ihr Neubeginn.

Als Sinnbild kann uns das erscheinen, wir enden unseren Lebenslauf.

Was folgt uns nach, mir will es scheinen, eine andere,

eine uns fremde Sonne geht dann auf."

Als der Beifall verklungen war, meinte eine Frau, die dicht bei Gerda Hofer saß: „Wieso sagst du „fremde Sonne?" Es sind doch unsere Nachkommen, sie haben doch unsere Gene?" Gerda schaute sie nachdenklich an. „Genau das ist ja das Problem, sie sind unsere Nachkommen und doch sind sie uns fremd geworden. Mit der KI sind es andere Wesen, viel intelligenter, aber gleichgeschaltet, sie brauchen nicht einmal mehr die Sprache zur Verständigung. Als wir noch alle das Internet benutzten, da war es einfach, da war die KI nur ein Werkzeug. Selbst als die KI uns in allen intellektuellen Belangen überholte, war es zu akzeptieren, sie hatte keine Persönlichkeit und noch keine konstruktive Phantasie. Als sie dann Kreativität entwickelte, wurde sie mir unheimlich. Als sie fähig wurde, die Vorgänge in menschlichen Gehirnen zu entschlüsseln, war ich entsetzt. Es stimmt sogar, dass wir ihr, seit sich die ersten Menschen fest mit ihr verbunden hatten, unermesslich viel zu verdanken haben. Schließlich war die Erde dabei, unbewohnbar zu werden. Daran trugen wir die Schuld, denn wir hatten damals die Verantwortung, waren aber zu träge und zu egoistisch, um die aufziehende Katastrophe zu verhindern, das muss ich ausdrücklich betonen. Die junge Generation hat mit Hilfe der KI die Biosphäre stabilisiert und das Bevölkerungswachstum gestoppt. Nun erhalten sie uns, sie wissen, in einigen Jahren hat sich dieses Problem von selbst erledigt. Wir haben uns entschlossen, keine Verbindung mit der KI einzugehen, wir wollen unsere ursprüngliche Persönlichkeit beibehalten. Aber dadurch sind wir gesellschaftlich nutzlos. Wir können zu anstehenden Aufgaben und der Weiterentwicklung der menschlichen Gesellschaft nichts beitragen, denn wir sind ihrem Verstand nicht gewachsen. Das ist aber nicht genug, wir begreifen sie nicht einmal mehr, weder wie sie sind, noch was sie tun, das meinte ich mit fremd." Es entstand ein Stimmengewirr von Zustimmungen und Einwänden, von einer Diskussion konnte keine Rede mehr sein. Gerda entzog sich unter Begleitung von Kurt dem lauten Gerede.

Am nächsten Tag nach dem Frühstück sprach jemand über Freizeitaktivitäten. Leise meinte Gerda belustigt : „Das klingt so, als ob wir etwas anderes als Freizeit hätten. Lass uns aufbrechen, das ist wohl nur Werbung für einen Sportverein." Doch dann sprach der Redner ein ernstes Problem an und die beiden blieben noch sitzen und hörten zu. Mit lauter Stimme verkündigte ein hagerer Mann mit dunkler Brille, dass leider für allzu viele Mitbewohner der passive Konsum von Unterhaltungssendungen die Hauptaktivität geworden sei. Er schätze, dass der Anteil der Menschen, die aktiv ihr Leben gestalteten, wahrscheinlich weit unter 20 Prozent gesunken sei. Das sei eine sehr ungesunde Entwicklung. Aber etwas besorge ihn noch mehr, denn in letzter Zeit zeige sich in den sozialen Beziehungen ein Anstieg von Rücksichtslosigkeit und Gewalt und eine Abnahme der sozialen Verantwortung, darüber müsse gesprochen werden.

Kurt Lachner, der bereits erwähnte Gefährte von Gerda Hofer, klatschte Beifall und rief: „Es wird Zeit, dass das einmal in der Öffentlichkeit angesprochen wird. Wir leben vorwiegend nebeneinander, statt miteinander. Mir scheint, da uns Automaten bedienen, werden wir allmählich selbst zu Automaten. Wir haben ein großes Angebot an sportlicher und kultureller Betätigung, aber es gelingt uns nicht, die Lethargie zu überwinden, die einen großen Teil unserer Gesellschaft gefasst hat. Mir scheint, wir müssen alle stärker aktiv auf unsere Mitmenschen zugehen, mehr können wir aber nicht tun, denn es steht jedem frei, sich in sein Schneckenhaus zurückzuziehen." Es erhob sich ein Geraune von Zustimmung, aber als keine weiteren Beiträge kamen, drängte Gerda Hofer zum Aufbruch und Kurt Lachner folgte ihr.

Gerda plante schon seit längerer Zeit, ihre Urenkel zu besuchen, doch das war nicht so einfach, und sie hatte es immer weiter vor sich hergeschoben. Gerda wohnte in einem nordöstlichen Wohngebiet für nicht eingebundene Menschen und ihre Nachkommen lebten in Symbiose mit der KI im Südosten. Dazwischen lag abgesperrtes Naturschutzgebiet. Die Transportröhren der Schnellbahn verliefen an den Rändern der Gebiete entlang, wodurch sich die Entfernung noch beträchtlich erhöhte. Reisen in ferne Ziele war nicht mehr sehr gefragt und daher auch nicht so gut ausgebaut. Verbindungen auf regionaler Ebene waren komfortabel. Für eine Reise in eine andere Region würde Gerda daher mehrfach umsteigen müssen. Kurt riet ihr dringend von so einer Reise ab. „Im südöstlichen Bezirk wirst du dich nicht auskennen, dort ist alles anders organisiert. Es wird alles durch KI geregelt, es gibt keine schriftlichen Hinweise, keine Straßenbezeichnungen und die Automaten haben keine manuellen Eingabemöglichkeit. Wie willst du dich dort orientieren?" Leichthin meinte Gerda: „Ich kann mich dort an der Station abholen lassen, ich werde mir zu helfen wissen." Kurt war skeptisch und besorgt. Nach einigen Überlegungen sagte er: „Wenn du den Plan nicht fallen lässt, fahre ich mit", und dabei blieb es dann auch. Per E-Mail wurde die Reise angemeldet, ein eingeschränktes Telefonnetz stand ja auch nicht eingebundenen Menschen zur Verfügung. Als Antwort wurden die Abfahrtszeiten mitgeteilt und zur angegebenen Zeit kam ein autonomes Flugtaxi und holte die beiden ab. Die nächste Station der Schnellbahn war in Neu-Lüneburg.

Rolltreppen führten in die Tiefe, schmale Türen führten in kleine Appartements mit gepolsterten Liegesitzen. Die Türen schlossen sich und das Licht verlöschte. Eine holographische Naturlandschaft erfüllte den Raum. Die Beschleunigung wurde spürbar und sie glitten durch diese imaginäre Landschaft, eine Fülle von Pflanzen überwältigte fast die Augen, dann wurden auch Tiere sichtbar. So musste es in den gesperrten Naturschutzgebieten aussehen, die für Menschen ausgeschlossen waren und die sich nun schon in mehr als drei Jahrzehnten frei entwickeln konnten.

Die Hälfte der nach der katastrophalen Entwicklung des Erdklimas übriggebliebenen festen Erdoberfläche war der Einwirkung von Menschen entzogen. Umso mehr konnten die Reisenden diese holographische Darbietung während der Fahrt genießen. Die Enttäuschung war vorprogrammiert, als sich die schnelle Fahrt wieder verlangsamte und der Zug zum Stehen kam. Das Hologramm verlosch, das Licht ging an, die Türen gingen auf und sie waren im ersten Umsteigebahnhof angekommen.

Noch etwas benommen standen sie auf dem Bahnsteig. Nur wenige Reisende strebten durch die weite Halle. Die Zugänge zu den weiterführenden Zügen waren gut gekennzeichnet und sie stiegen wieder durch die schmalen Türen in eine andere Schnellbahn. Gespannt auf die Darbietung nahmen sie ihre Plätze in den bequemen Liegesesseln ein. Beim Verlöschen des Lichtes befanden sie sich aber nicht mehr in einer Waldlandschaft, sondern sie glitten durch eine Bergwelt. Durch tiefe Schluchten mit tosendem Wasser ging es hinauf zu steilen Bergwiesen und noch höher auf steinigen Pfaden. Gämse kletterten an einem steilen Abhang entlang. Vom Berggipfel hatte man eine herrliche Aussicht auf die Bergwelt, Berge, soweit das Auge blicken konnte. Dann glitten sie wieder an Felswänden entlang in die Tiefe.

Die Zeit war so schnell vergangen, erstaunt merkte sie, dass die Bremsen wieder einsetzten, sie waren an dem Bestimmungsort angekommen. Brüssel nahm sie auf. Nur wenige Leute entstiegen der Schnellbahn.

Gerda Hofer spähte den Gang entlang. Zwei junge Menschen

kamen ihnen suchend entgegen, zwei hochgewachsene kräftige Gestalten. Die ungeübten Augen Gerdas bemerkten erst, als sie nah vor ihnen standen, dass es ein junger Mann und eine junge Frau waren. Beide mit kahlem Kopf mit einem Käppi, mit eng anliegendem bläulichem Anzug, nur eine kleine Ausbuchtungen am Brustkorb wies eine der Gestalten als Frau aus. Als sie ihnen zur Begrüßung die Hände entgegenstreckten, zeigte sich, dass die beiden jungen Leute die Angereisten um gut zehn Zentimeter überragten. Dabei war Kurt ausgesprochen groß, er war zwar durch das Alter vier Zentimeter kleiner geworden, war aber immerhin noch 1,82 Meter groß.

Es wurde ein etwas förmlicher Willkommensgruß, sie musterten einander abwartend, mit zaghaftem Lächeln. Dann stellte der junge Mann seiner Urahnin seine Lebensgefährtin Angela vor und Gerda machte die jungen Leute mit Kurt Lachner bekannt. Der junge Mann, er hieß Jean, war bereits die dritte Generation, die seiner Urgroßmutter gefolgt war. Die Tochter Gerdas, seine Großmutter hatte Suizid begangen, und sein Vater, das einzige Kind seiner Großmutter, lebte in den USA. Das junge Paar war noch kinderlos. Jean nahm seiner Urgroßmutter die Reisetasche ab und zu viert gingen sie zu einem wartenden autonomen Taxi. „Hat eure Reise einen wichtigen Grund?", fragte Jean die Ankömmlinge etwas kühl. „Wir haben nicht mehr so viel Zeit zu leben", sagte Gerda. „Ich bin neugierig auf die Zukunft, wir sind nur die Vergangenheit, ihr seid die

Zukunft, meine Zukunft, die ich kennenlernen möchte." Jean schüttelte den Kopf: „Wir sind nur die Gegenwart, doch die Zukunft wird sicherer sein, aber sie ist nach wie vor im Nebel verborgen." Das Taxi glitt an begrünten Terrassen von Wohngebäuden entlang und bog dann in eine Tiefgarage unter einem der Bauten ein. Ein Fahrstuhl brachte sie nach oben und Jean öffnete eine der vielen Wohnungstüren auf einem langen Gang. „Willkommen, das ist unsere Wohnung, ihr könnt sie einstweilen benutzen, wir werden in der Zeit bei Freunden unterkommen."

Mit Erstaunen bemerkte Gerda, wie klein diese Wohnung war, ein Zimmer mit einer Wand als Projektionsfläche, ein Tisch mit zwei Sesseln und ein großes Doppelbett. Jean öffnete noch eine zweite

Tür: „Das ist der Hygieneraum, Dusche und WC." Dann wurde er plötzlich rot. „Ihr seid doch ein Paar, es ist ja nur ein Doppelbett, das ich euch anbiete." Gerda prustete los: „Keine Sorge, wir sind noch nicht ganz verkalkt, aber ich sehe da ein anderes Problem. Wir wollen euch nicht aus eurer Wohnung vertreiben, wir werden in ein Hotel gehen." Nun schaltete sich Jeans Lebensgefährtin ein: „Ein Hotelzimmer werdet ihr kaum finden, die wenigen sind lange vorher schon ausgebucht, man ist nicht mehr auf Durchreisende eingestellt. Außerdem ist es für nicht verbundene Personen nicht möglich, sich zurechtzufinden. Wir haben schon alles arrangiert und kommen gut unter. Wenn ihr euch etwas ausruhen wollt, kommen wir in einer Stunde wieder und gehen zusammen in ein kleines

Restaurant, wo wir uns unterhalten und kennenlernen können."

Als Gerda und Kurt allein in dem fremden Zimmer waren, sahen sie sich etwas mutlos an, so hatten sie sich die Reise nicht vorgestellt. Gerda setzte sich auf das Bett und Kurt begutachtete die Wand, die ihm wie eine einzige Monitorfläche schien. „Komisch", murmelte er, „ich sehe keinerlei Bedienungselemente:" Er warf noch einen Blick in das Bad und betätigte den Wasserhahn über dem Waschbecken. Befriedigt merkte er, dass sich der Hahn wie gewohnt bedienen ließ und sich auch ein Wasserstrahl ins Becken ergoss. Handtücher fand er nicht und neben der Toilettenschüssel konnte er auch kein Toilettenpapier entdecken. Kurt ging zurück zu der noch immer auf dem Bett sitzenden

Gerda, setzte sich neben sie und berichtete ihr von seinen Entdeckungen im Bad. „Du musst dich auf einige Schwierigkeiten gefasst machen, für unseren Aufenthalt werden einige notwendige Kleinigkeiten zu klären sein." Gerda zuckte die Achseln und sprang auf ihre Beine. „Was soll`s, wir packen das, ich mache mich etwas frisch und dann sehen wir weiter." Damit verschwand sie im Bad. Als sie herauskam, strahlte sie: "Ich habe mich auf die Toilettenschüssel gesetzt, ich wurde gewaschen und getrocknet. Du musst auch deine Hände nicht selbst waschen, in dem Schlitz neben dem Wasserbecken werden sie gewaschen und desinfiziert. Bin ich nicht recht klug auf meine alten Tage?" Kurt stand vom Bett auf: „Als Kundschafter bist du klasse, dann werde ich im Bad auch zurechtkommen."

Danach saßen Gerda und Kurt wieder zusammen auf dem Bett, fühlten sich etwas deplatziert und taten nichts mehr als zu warten. Ein Geräusch an der Tür erweckte ihre Aufmerksamkeit. Wie befreit standen die beiden vom Bett auf. Jean trat als Erster in den Raum, Angela drängte ihn rasch zur Seite und eilte mit den Worten ins Bad: „Wir können gleich los, ich muss nur noch einmal kurz verschwinden."

In einem Fahrstuhl fuhren sie dann zusammen hinauf zu dem Restaurant im obersten Stockwerk. An einem Tisch direkt an einer großen Glaswand nahmen sie Platz und hatten einen herrlichen Blick über ein Meer von begrünten großen Gebäuden. „Leider gibt es keine Karte, aus der ihr auswählen könnt, ich werde euch eine Auswahl von Speisen und Getränken bestellen, unter denen ihr auswählen könnt", erklärte Jean. In kurzer Zeit erschien ein mit Speisen und Getränken beladener Bedienungsroboter und platzierte sich am Tisch. „Um bei deinem Bild zu bleiben", wandte sich Jean an seine Urgroßmutter, „über die Vergangenheit weiß ich einiger-maßen Bescheid. Ich nehme an, du hast die lange Reise gemacht, weil du mehr über uns wissen möchtest und weil wir es sind, die die Zukunft gestalten, die dir anscheinend sehr am Herzen liegt." Nachdenklich blickte Gerda auf die angerichteten Speisen. Nach kurzem Schweigen richtete sie ihren Blick auf Jean. „Wir haben euch so viel zu danken, ihr habt die irdischen Zustände stabilisiert und versorgt uns selbstlos mit allem, was wir brauchen, ihr akzeptiert sogar, dass wir unsere Eigenständigkeit bewahren, aber ihr seid uns fremd geworden. Das Leben einer Spezies schreitet über Kinder und Kindeskinder fort, mir kommt es so vor, als ob ihr einen weiten Sprung gemacht habt und es nicht mehr unser Leben ist, was sich in euch fortsetzt."

Jeans Augen schauten fast zornig: „Wir haben keine warmen Gefühle für euch, mit Selbstsucht und Beharren auf Gewohnheiten habt ihr die Menschheit an den Abgrund gebracht, ihr beharrt auf eurer Persönlichkeit, ihr wart und seid unfähig, das irdische Leben zu erhalten. Was euch so fremd vorkommt ist, dass wir uns der gesamten Biosphäre verpflichtet fühlen und alle technischen Möglichkeiten nutzen, um sie zu erhalten. Deshalb sorgen wir auch für euch, aber wir vergeben nicht, wie sehr ihr in der Vergangenheit versagt habt und weiterhin nur an euch selbst denkt." Jeans Lebensgefährtin schaute erschrocken: „Bitte Jean, nicht so heftig!" Kurt hatte bisher geschwiegen, nun sagte er zu Jean gewandt: „Sie haben recht, wir kennen unser Versagen und auch unsere Unfähigkeit und gerade deshalb liegt uns die Zukunft so sehr am Herzen und es schmerzt, dass wir so vieles nicht verstehen. Für Ihre Urgroßmutter ist das ein Akt der Aufarbeitung." Lachend meinte Gerda in Jeans Richtung: „Es ist schön, dass du so aus dir herausgehst, da weiß ich doch, dass ich mit meinem Urenkel spreche und nicht mit der KI." Nun wurde

Angela eifrig: „Ihr überschätzt den Einfluss der KI, sie ist unsere Datenbank und stellt in Sekundenbruchteilen Verknüpfungen her, ihr würdet das wohl Logik nennen, sie gibt uns Fakten und Möglichkeiten, aber sie leitet uns nicht. Man kann in Frage stellen, ob es einen freien Willen gibt, aber darin gibt es zwischen uns keine Unterschiede."

„Interessant, so eine alte philosophische Frage, und sie beschäftigt euch immer noch", bemerkte Kurt und wandte sich der Mahlzeit zu. „Wirklich vorzüglich, ich habe lange nichts so Köstliches gegessen, es schmeckt wie zartes Fleisch und diese Sauce, einmalig."

„Du isst Fleisch, Fleisch aus der Retorte", war die Antwort, „wir essen es aber selten." Jean schüttete Wein ein. „Entschuldige, mir nicht", sagte Gerda, ich trinke keinen Alkohol." „Wir auch nicht".

Jetzt lächelte Jean. „Es ist alkoholfrei, probiere einmal. Alkoholische Getränke gibt es kaum noch." Nach einer längeren Gesprächspause wandte sich Jean wieder an seine Urgroßmutter. „Du musst doch in der Kindheit noch die alte Welt kennengelernt haben, hast du da noch Erinnerungen?"

Gerda wurde geboren in der Zeit, als die Umweltkatastrophe wie ein entfesselter Tsunami über die Erde brauste und einen Großteil des tierischen und pflanzlichen Lebens vernichtete. Die Menschheit hatte sich allzu sehr auf ihre hoch entwickelte Technik verlassen und sah sich nun wehrlos ausgeliefert.

Angestrengt dachte Gerda nach, aber ihre Erinnerungen waren zu verschwommen, als einziges konnte sie sich an den Hunger er- innern und an große Ängste. Sie versuchte, sich an ihre Eltern zu erinnern, aber es gelang ihr nicht. Sie war dann in einem Kinderheim gewesen zusammen mit einer zwei Jahre älteren Schwester. Dort gab es trotz ständiger elektronischer Überwachung viel Gewalt. Unterricht fand ebenfalls vorwiegend durch elektronische Medien statt. Es gab aber wenigstens genug zu essen. Als sie 15 oder 16 Jahre alt war, hatte ihre Schwester sie verlassen. Ihre Schwester war heimlich aus dem Heim entflohen und Gerda hatte nie wieder etwas über sie gehört. Nach ihrem 18ten Geburtstag beantragte Gerda die Zulassung zu einem Studium und wurde nach einer Prüfung angenommen. Die Universität war auch ein Internat und von dem Elend der restlichen Welt abgeschlossen. Im Studium hatte sie dann ihren späteren

Ehemann kennengelernt, der sich aktiv politisch betätigte und von dem sie viel gelernt hatte.

Das war wie ein schneller Film, der durch Gerdas Kopf raste. Mit leiser Stimme antwortete sie: „Es war eine schwere Zeit, von dem, was sich auf der Erde abspielte. habe ich erst im Studium durch meinen Mann erfahren, als Kind war ich zu sehr isoliert. Nach meinem Examen wurde ich in einer Widerstandsgruppe als Hackerin ausgebildet. In dem digitalem Netz tobte ein Kampf um die Vorherrschaft zwischen vom Großkapital abhängigen Regierungen und einem internationalen Zusammenschluss politisch aktiver Kräfte, während auf der ganzen Welt ein blutiger Kampf ums Überleben und die Reste der verfügbaren Ressourcen ausgetragen wurde. Zu meinem Unglück wurde ich schwanger. Was mit Dirk, meinem Mann geschah, weiß ich nicht, er war in Kämpfe verwickelt und wurde als vermisst gemeldet. Niemand wusste etwas über ihn, es waren schlimme Zeiten. Ich habe jahrelang auf ihn gewartet, doch nie etwas über sein Schicksal herausfinden können. Aber was sitze ich hier und rede von mir, Fakten über mich könnt ihr ja leicht über das Netz abrufen. Ich habe die Reise gemacht, um meine Urenkel kennenzulernen und über sie alles zu erfahren. Was für eine Kindheit hast du gehabt?"

„Ich werde nie verstehen, dass so viele Leute der älteren Generation auf eine Verbindung mit der KI verzichten, ich finde das seltsam. Das ist wohl der Grund, dass du kaum etwas über mich zu wissen scheinst. Dass ich der einzige Sohn deiner ältesten Enkelin bin, wirst du wohl wissen. Deine andere Enkelin, die nach dir Gerda genannt wurde, hat zwei Kinder, Gerd und Irene, beide leben in Italien. Als ich ganz klein war, hatte ich ein sehr schönes und umsorgtes Leben. Kinder hatten schon damals keine Verpflichtungen mehr, es gab keine Schule, nur Förderung, vor allem in Sport aber auch in Musik und Tanz. Meine Eltern hatten öffentliche Aufgaben und wir waren eine glückliche Familie. Das änderte sich durch viele Liebesaffären meines Vaters. Dadurch gab es viel Streit und meine Mutter wurde depressiv. Mein Vater ging mit einer jungen Geliebten fort nach Amerika. Der Zustand meiner Mutter wurde kritisch und sie kam in ein Krankenhaus. Ich war erst 15 Jahre alt und konnte erst in drei

Jahren die Symbiose mit der KI eingehen, um selbstständig zu sein. In der Zeit bis dahin lebte ich bei der zweiten deiner Enkelinnen, der jüngeren Schwester meiner Mutter, zusammen mit Gerd und Irene, ihren beiden Kindern, mit denen ich mich nicht so gut vertragen habe. Ich war in dieser Zeit nicht mehr so unbekümmert und zog mich immer stärker zurück. Ich habe auch deinen Sohn, meinen Großvater kennengelernt. Das war ein sehr bedeutender Sportler, er hat mir von dir erzählt, du lebtest schon bei Kiel. Dass er und seine Lebensgefährtin mit einer Segeljacht im Sturm umgekommen sind, wirst du ja sicher erfahren haben. Ich arbeite als Umweltkontrolleur und mache Wasseranalysen. Angela, mit der ich nun schon drei Jahre zusammenlebe, ist Musikerin und spielt in einem klassischen Orchester. Wir haben ein sehr schönes Leben, müssen aber immer unsere Gefühle gegen die KI durchsetzen. Das ist nicht so einfach, Gefühle toleriert die KI, erkennt sie aber nicht an. Als Partner der KI müssen wir uns emanzipieren, sonst werden wir Marionetten. Ich denke, die Angst, von der KI versklavt zu werden, hat euch bewogen, die Vereinigung mit der KI abzulehnen." „Damit hast du recht", erklärte Gerda. „Wir haben den Gewinn und die Gefahr, die darin lauert, gegeneinander abgewogen. Wir mussten uns aber in einer Zeit entscheiden, als noch vieles in der Schwebe war, du bist in diese Symbiose hineingeboren. Ich denke mir, es ist ein überwältigender Prozess gewesen, als du mit 18 Jahren diese Verbindung eingegangen bist."

Nun schaltete sich Angela in das Gespräch ein: „Die Eingewöhnung dauert einige Tage. Wir werden in einer Festlichkeit geschoren und bekommen unser Käppi. In dem Trubel der Feier merkt man noch wenig, dann ist man tagelang völlig verwirrt und danach gelangt man zu einer beglückenden Klarheit. Nur ganz langsam wächst dann die Erkenntnis, dass wir unsere zukünftige Persönlichkeit im Austausch erarbeiten müssen. In der kurzen Phase der Eingewöhnung werden wir erwachsen. Ich verstehe aber, dass man sich auch dagegen entscheiden kann, um sich zu bewahren." Gerda lächelte ihr zu und versuchte nun ihrerseits, ihre Entscheidung zu erklären „Mit der Geburt meines Sohnes war für mich damals die Zeit der Kämpfe vorbei, ich hatte nicht mehr die

Kraft, in ein Neuland aufzubrechen, das gilt wohl für die meisten meiner Altersklasse. Wir hatten schlimme Zeiten überlebt und waren ausgebrannt."

„Ich glaube, für heute sollten wir Schluss machen, ich bin zumindest nicht mehr aufnahmefähig", meinte Kurt mit einem unterdrücktem Gähnen. Jean und seine Gefährtin brachten die beiden alten Leute noch zu ihrer Wohnung und verabschiedeten sich. Unterwegs hatte Jean gefragt, ob seine Urgroßmutter und Kurt Lust auf einen kleinen Ausflug hätten, er wolle ihnen zeigen, wie schön dicht besiedelte Wohngegenden sein könnten. Gerda stimmte ohne Zögern zu und sie verabredeten sich zu einem Frühstück und anschließender Ausfahrt.

Entgegen ihrer Erwartung schliefen Gerda und Kurt in den fremden Betten und der ungewohnten Gemeinsamkeit ganz ausgezeichnet.

Morgens kam Jean ohne seine Lebensgefährtin mit einem kleinen Frühstück. Sie hielten sich nicht lange mit dem Essen auf, denn vor dem Gebäude wartete, wie Jean sagte, ein Fahrzeug für die Ausfahrt. Es war ein merkwürdiges Fahrzeug, es schien keine Räder zu haben. Über einer schmalen dunklen Basis erhob sich eine gläserne Kuppel, in der die Sitze zu sehen waren, zwei Doppelsitze standen einander gegenüber. Bedienungselemente waren nicht auszumachen. Die ihnen zugewandte Seite der Kuppel schwang nach oben und gab die Sitze frei. Als sie es sich auf den Sitzen bequem gemacht hatten, glitt der geöffnete Kuppelteil wieder herunter. Wie von Geisterhand wurde das Gefährt angehoben und setzte sich in Fahrt. „Es ist ein Luftkissenfahrzeug", meinte Kurt überrascht. Nun gab es viel zu sehen. Sie schwebten zwischen hohen Bauwerken, die mit Pflanzen überwuchert waren. Zwischen dem Grün der Pflanzen schimmerten große Fensterfronten. Unter ihnen gab es keine Straße, der Untergrund bestand anscheinend aus Gras, das kurz gehalten wurde. Sie sahen Tiere, die beiseite huschten. Auf ihre erstaunten Fragen erklärte Jean: „Tiere haben zu unseren Wohnbezirken freien Zutritt, soweit sie uns nicht einschränken oder gefährden. Tiere, die lästig sind, werden gefangen und im geschützten Gebiet wieder ausgesetzt. Uns ist der Aufenthalt in ihrer geschützten Welt untersagt, aber für die Tiere gibt es keine Beschränkung. Wir lieben vor allem Vögel." „Gibt es bei euch auch noch Haustiere?", wollte Gerda wissen. Jean verneinte, soweit ginge das Zusammenleben nicht, die Tiere wären frei.

Es war eine kurze Fahrt, die Häuserfronten wichen zurück und sie standen vor einer weiten Fläche. Im Hintergrund ragten zwei mächtige Felsen in die Höhe. „Sind die Berge so nah?", staunte Kurt. „Das sind zwei künstlich errichtete Kletterfelsen, der eine Felsen ist 485 Meter hoch und der andere 513 Meter, in dem höheren geht ein Fahrstuhl bis oben, man hat dort eine herrliche Aussicht, wir können hochfahren." Nun sahen sie auch Paraglider, die dort hinten in der Luft schwebten. Sie standen eine Weile und schauten. Die weite

Fläche war sehr belebt. „Das sind unsere Sportanlagen, wenn wir nun weiterwollen, müssen wir umsteigen. Mit diesen kleinen Fahrzeugen, die dort stehen, kann man sich und die Sportausrüstung, falls man sie hat, transportieren lassen", erklärte Jean. Es waren kleine Zweisitzer, den bekannten Golfkarren ähnlich. Jean koppelte zwei Fahrzeuge aneinander, bestieg das vordere mit Gerda und ließ Kurt in dem hinteren Platz nehmen. Die Wege zwischen den einzelnen Sportstätten wie auch viele der Sportanlagen waren mit durchsichtigen Dächern überspannt. Es herrschte ein reger Sportbetrieb von Akteuren, aber auch von vielen Zuschauern. Als sie den hoch aufragenden Felsen näher gekommen waren, sahen sie Gleitflieger, die im hohen Tempo die Wände herabrasten und sich erst kurz über dem Erdboden mit einem Schirm abfingen. Nun konnte man auch Kletterer in den Wänden erkennen. Ein Säulenportal führte in den höchsten Felsen hinein. Sie ließen ihre beiden Fahrzeuge auf einem Sammelplatz stehen und liefen hinein zu den Fahrstühlen, die nach oben führten. Es dauerte eine ganze Weile, bis sie oben angelangt waren. Die Fahrstuhltür öffnete sich und sie standen auf einer gläsernen Aussichts-plattform. Hier oben waren nur wenige Besucher und sie konnten den Weitblick genießen. Neben der von Glas geschützten Aus-sichtskabine war eine Plattform, die ins Freie ragte. Einige junge Leute machten sich bereit, um von dort in die Tiefe zu springen. Sie zogen gerade ihre glänzenden Anzüge mit Flughäuten zwischen Armen und Beinen über. Der Erste hatte schon seinen Packen mit dem Fallschirm auf den Rücken geschnallt. In der Aussichtskabine beobachteten Besucher diese Vorbereitungen. Dann sprang der Erste über die Kante in die Tiefe, die Flughäute blähten sich, nach kurzer Zeit war er auch schon außer Sichtweite. Dann sprangen der Zweite und der Dritte. Nach dieser Ablenkung erklärte Jean seinen Besuchern Objekte weit unter ihnen. Eine sehr große Fläche nahmen die Sportanlagen ein. Zur anderen Seite sah man auf die Dächer von riesigen Produktionsanlagen. Die Wohnanlagen machten gegenüber den Industriebauten und der fast endlosen Sportanlage nur einen kleinen Teil der Fläche aus. Von hier oben wirkten selbst die großen Sportanlagen mit den vielen Hallen und Gebäuden wie kleine

Spielzeuge. Jean machte jetzt seine Besucher auf einen Streifen in der Ferne aufmerksam: „Dort beginnt die geschützte Natur", erläuterte er. Als sie die Aussichtskabine verlassen wollten, erklärte Jean, dass es auch die Möglichkeit gäbe, mit dem Gleitschirm im Doppelpack gemeinsam mit einem geübten Gleitflieger hinunter zu schweben. Beide Besucher lehnten aber dankend ab. Im Fahrstuhl verkündete Jean: „Ich habe Hunger bekommen, wir sollten essen gehen. Gewöhnlich essen wir in großen Kantinen, zwei sind ganz in der Nähe."

Mit den zwei aneinander gekoppelten Buggys fuhren sie nun vorsichtig weiter durch ein Gedränge von Leuten und anderen kleinen Fahrzeugen. Anscheinend war es die Zeit, zu der viele zum Essen eilten. Die Kantine war ein vierstöckiger langgestreckter Bau. In einer großen Halle sah sich Jean erst nach drei Stühlen um. Er ließ Gerda und Kurt Platz nehmen und ging dann zu einem Tresen, auf dem laufend Essen herausgeschoben wurde. Niemand wählte aus, es hatte den Anschein, dass jeder die ihm zukommende Essensportion erhielt. Vor Jean wurde sogar ein Tablett mit mehreren Speisen geschoben. Als er dann das Tablett auf den Tisch stellte, fragte Kurt: „Wie geschieht das? Ich habe nicht gesehen, dass jemand etwas bestellt hätte." Belustigt schaute Jean ihn an: „Genau das ist das Problem für euch, das geht alles durch die KI, mit der wir gekoppelt sind. Ihr wäret hier mit allem hilflos, wenn ihr ohne Begleitung unterwegs wärt." Gerda sagte nun: „Es tut mir leid, dass wir dich so in

Anspruch nehmen, damit hatten wir nicht gerechnet. Wir kommen ungefragt und du musst uns wohl oder übel umsorgen. Wir werden dir nicht länger zur Last fallen und morgen wieder abreisen, so sehr ich mich gefreut habe, dich und deine Lebensgefährtin kennenzulernen." Nun aßen sie schweigend. Das Essen war wieder vorzüglich, Nudeln mit einer gut gewürzten Sauce und mit Gemüse, das den beiden Fremden zwar unbekannt, aber angenehm im Geschmack war. Gerda und Kurt waren nun etwas verlegen und ahnten, warum die Begrüßung bei ihrer Ankunft doch etwas unterkühlt ausgefallen war. Als Jean fragte, ob sie vielleicht Lust hätten, mit ihm etwas Golf zu spielen, lehnten sie ab. Gerda meinte, es würde etwas zu viel für sie und sie wolle jetzt lieber zurück und sich etwas hinlegen. Jean brachte sie zurück und sagte, er wolle sie mit seiner Lebensgefährtin zum Abendessen abholen.

Das Abendessen nahmen sie dann wieder auf der Dachterrasse mit dem herrlichen Ausblick ein. Kurt war beunruhigt, denn Gerda war sehr in sich gekehrt und einsilbig. Es kam kein rechtes Gespräch zustande. Gegen Ende der Abendmahlzeit stellte Gerda Jean außerdem seltsame Fragen, zum Beispiel, ob Einzelpersonen leicht ein Wohnrecht und ein Zimmer bekommen könnten und was unternommen werden müsste, um eine Symbiose mit der KI einzugehen. Jean gab die Auskunft, dass es dabei keine Schwierigkeiten gäbe. Im Stadtamt könne sich jeder enthaaren lassen und ein Käppi empfangen, das Zimmer würde dabei gleich zugewiesen. Sie hätten schließlich eine sehr gut organisierte, aber freie Gesellschaft.

Jean hatte sehr arglos geantwortet, aber Kurt war alarmiert. Als er dann wieder allein im Zimmer mit Gerda war, fragte er, was es mit ihren seltsamen Fragen auf sich hätte. Gerdas Blick war unstet, sie war verlegen. „Es bleibt nicht mehr viel Zeit, ich verschwende meine letzten Jahre, meine Lyrik erreicht kaum jemanden. Die KI kann mir Öffentlichkeit bieten, ich muss es versuchen. Fühlst du dich von mir im Stich gelassen, oder kannst du das verstehen?" Für einem Moment war Kurt sprachlos, er schüttelte den Kopf. „So viele Jahre war uns die eigenständige Persönlichkeit wichtiger. Das war doch keine vertane Zeit. Außerdem ist die Belastung, die dadurch entsteht, viel zu groß. Du bist schließlich keine junge Frau mehr, deine Nerven sind doch nicht mehr die besten. Wir brauchen dich daheim, wie soll es dort ohne dich weitergehen? Was ist mit mir?" Gerda nahm Kurt in ihre Arme. „Armer Kurt, du wirst auch ohne mich zurechtkommen, wir Alten leben doch ohnehin meistens an einander vorbei. Versteh doch bitte, es ist meine letzte Chance." Bis sie schlafen gingen, waren dann beide sehr schweigsam und mit ihren eigenen Gedanken beschäftigt. Gerda schlief ruhig und gefasst ein, während Kurt die ganze Nacht keinen Schlaf finden konnte.

Als sie wieder mit Jean beim Frühstück saßen, eröffnete Gerda ihrem Nachfahren den Entschluss, nun auch die feste Verbindung mit der KI eingehen zu wollen. Jean nahm diese Mitteilung gleichmütig auf und sicherte ihr seine Hilfe zu. „Ich werde heute noch abreisen", verkündete Kurt zögerlich, man konnte ihm ansehen, wie schwer ihm dieser Entschluss fiel. Jean schaute bedenklich: „Können Sie Ihre Abreise nicht etwas hinausschieben? Eine Koppelung ist nicht so leicht zu verkraften, das Gehirn wird überschwemmt mit Informationen, meist ist eine kurze Periode von Verwirrung zu überstehen. Ich erinnere mich, dass ich auch mehrere Tage brauchte, um Ruhe und Klarheit zu finden. Sie könnten meiner Urgroßmutter beistehen, sie wird in den ersten Tagen jemand Vertrauten brauchen." „Selbstverständlich kann ich das", entgegnete Kurt sichtlich erleichtert. „Ich wollte Ihnen nur nicht weiter zur Last fallen, meine Rückkehr hat keine Eile. Es freut, mich Gerda beistehen zu können, so sehr ich ihren Entschluss bedauere."

Gleich nach dem Frühstück machten sich die Drei auf den Weg. Das Stadtamt war eine von Menschen betriebene Behörde. Sie wurden freundlich empfangen. Eine junge Frau im weißen Kittel nahm Gerdas Personalien auf und erklärte ihr, dass sie sich einer ärztlichen Untersuchung unterziehen müsse. Die Angestellte bat die beiden Männer, im Wartezimmer Platz zu nehmen und brachte Gerda in einen Untersuchungsraum. Sie wurden von einem freundlichen noch recht jungen Arzt empfangen, der mit einigen höflichen Worten Gerda zu einem Stuhl mit hohen Lehnen führte. Gerda nahm darauf Platz, der Arzt trat zurück und Roboter traten in Tätigkeit. Weiche Polster mit Messsonden umschlossen ihren Körper. Es dauerte nicht lange, dann wurde sie wieder frei gegeben, der Arzt half ihr beim Aufstehen und sagte lächelnd, dass sie in Anbetracht ihres Alters eine ausgezeichnete Gesundheit hätte, einer Verbindung zur KI ständen keine Hindernisse entgegen. Die junge Dame, die sie empfangen hatte, trat ein und brachte Gerda zu den Wartenden, um alle Drei weiter in eine neue Abteilung zu geleiten. Die beiden Männer mussten wieder in einem Warteraum Platz nehmen. Die Angestellte brachte Gerda in ein Nebenzimmer, kam aber gleich zurück und verabschiedete sich. Gerda wurde nun von einer anderen

Frau empfangen, die sie zu einem ähnlichen Stuhl wie in dem Untersuchungszimmer führte. Wieder umschlossen weiche Polster den Nacken und mit einem leichten Andruck glitt etwas über ihren Kopf. Gerda merkte, dass Haare herabglitten. Sie spürte ihre Kopfhaut, es war ein seltsames Gefühl. Die Polster gaben sie frei und eine Frau sagte ihr, es müssten nun die Haarwurzeln entfernt werden, und bedeckte Gerdas Augen. Die Rückenlehne des Stuhls glitt zurück und Gerda kam in eine Rückenlage mit dem Genick an ein weiches Polster. Dann wurde eine Flüssigkeit auf der Kopfhaut verteilt. Nach kurzer Zeit wurde der Kopf mit warmen Wasser abgespült und abgetrocknet. Die Lehne richtete sich wieder auf und die Bedeckung der Augen wurde abgenommen. Ein Spiegel wurde ihr hingehalten und Gerda sah sich zum ersten Male barhäuptig, ein Gesicht, ein vertrautes Gesicht und doch war ihr das Spiegelbild fremd. Es blieb wenig Zeit zur Betrachtung, behutsam trug die Frau eine durchsichtige Paste auf Gerdas Kopf auf und gleich darauf drückte sie vorsichtig eine Kappe darauf. Sie erklärte: „Es dauert nur zwei Minuten, dann ist die Kappe fest, die Verbindung mit der KI dauert etwas länger. Ich bringe Sie nun zu Ihren Begleitern und wünsche Ihnen alles Gute." Mit diesen Worten öffnete sie die Tür zum Wartezimmer.

Kurt bekam einen kleinen Schock, ohne Haare fand er Gerdas Kopf so klein und fremd. Er beherrschte sich aber sogleich und ließ sich nichts anmerken. Gerda lächelte unsicher. „Na, wie findet ihr die neue Gerda? Keine Haare, aber immer noch die Alte." Jean hatte es eilig und drängte zum Aufbruch. „Wir müssen uns beeilen, der schwierigste Teil liegt noch vor uns."

Auf dem Weg im autonomen Taxi schien Gerda geistesabwesend. Zusammengesunken mit geschlossenen Augen saß sie zwischen Kurt und Jean. Den letzten Teil der Strecke, im Fahrstuhl und auf dem Flur hatten die beiden Männer sie an beiden Seiten eingeharkt. Kurz vor der Wohnungstür ging ein Zucken durch ihren Körper. Kurt bettete Gerda vorsichtig auf dem Bett und zog seinen Stuhl dicht an die Bettkante. Auch Jean ließ sich am Bett nieder. „Ich werde noch ein Stündchen bleiben, dann werde ich euch bis morgen allein lassen, der Zustand der

Eingewöhnung wird morgen schon etwas abklingen." Dann saßen beide schweigend am Bett.

Gerda schlief, ab und zu zuckten ihre Gesichtsmuskeln. Schließlich stand Jean auf und sagte, es schiene alles gut zu verlaufen und er könne ruhig gehen. Er reichte Kurt die Hand und ging leise zur Tür.

Nun saß Kurt und betrachtete das schmale vom Alter gezeichnete Gesicht, das dennoch, wie es ihm schien, Entschlusskraft spiegelte. Schließlich überkam ihn Müdigkeit und er döste im Sitzen ein.

Ein Schrei Gerdas ließ ihn hochschrecken. Hoch aufgerichtet saß Gerda mit aufgerissenen Augen im Bett. Sie schien in einer Art Ekstase. „Das kann doch nicht sein", kam es kläglich aus ihren schmalen Lippen. „Geliebter, Dirk, wie sehr habe ich dich gesucht. Ich habe unseren Sohn allein groß gezogen und auf dich gewartet. Mit einer anderen Frau hast du dich feige versteckt? Ich kann es nicht glauben, war alles Lüge? Waren wir nicht glücklich miteinander in diesen schwierigen Zeiten?"

Dann schien sie erst Kurt zu bemerken, der erschrocken an ihrem Bett saß. „Was nützt mir Wissen, hätte ich das doch nie erfahren." Ihre Augen füllten sich mit Tränen. „Ach, Kurt, dieses Wissen habe ich nicht gewollt, Unwissenheit hat auch Vorteile. Ich weiß nicht, ob ich das alles ertragen kann, vielleicht ist alles zu spät." Tröstend nahm Kurt Gerda in seine Arme und streichelte ihr besänftigend über den Rücken. Er marterte sein Hirn, was er Beruhigendes sagen könne, aber es schien ihm alles zu flach und so schwieg er. Langsam entspannte sich Gerda und er ließ sie sanft zurück in die Kissen gleiten. Dann ging er ins Bad, legte sich angezogen neben sie ins Bett und schlief ein.

Am Morgen war Gerda schon aufgestanden und hatte sich frisch gemacht. Sie schien ganz normal. Als sie Kurt einen guten Morgen wünschte, lächelte sie ihn sogar an. „Ich glaube, ich bin noch nicht ganz da, mir schwirrt der Kopf, so ein Durcheinander kannst du dir gar nicht vorstellen. Es ist herrlich und fürchterlich zugleich. Raus aus den Federn, wir werden gleich abgeholt. Jean hat schon mehrfach zu mir gesprochen."

Kurt ging ins Bad. Beim Zähneputzen hörte er im Zimmer nebenan einen dumpfen Fall. Ohne seinen Mund auszuspülen, rannte er aus dem Bad. Gerda lag neben dem

Bett. Kurt eilte zu ihr und versuchte, sie umzudrehen. Gerda war ganz schlaff, er versuchte, sie auf das Bett zu heben, er schaffte es nicht. Kurt versuchte, ihren Puls zu fühlen, das gelang ebenfalls nicht. Kurt wollte aus dem Zimmer eilen, um Hilfe zu holen, aber er konnte die Tür nicht öffnen. Er besann sich und begann mit einer Herzmassage. Kaum hatte er damit angefangen, sprang die Wohnungstür auf und ein Notarzt mit schwerer Ausrüstung eilte herbei, schob Kurt beiseite und begann mit Wiederbele-bungsmaßnahmen. Nun kam auch Jean, blieb in der geöffneten Tür stehen und winkte Kurt zu sich, damit die hektischen Maßnahmen nicht behindert würden. Nach einiger Zeit richtete sich der Notarzt auf und sagte resigniert: „Hier ist nichts zu machen, eine starke

Gehirnblutung, da bin ich machtlos. Ich habe ihren Tod festgestellt und werde nun das Nötige einleiten". Als der Arzt mit seinen Geräten verschwunden war, standen Jean und Kurt unschlüssig in der geöffneten Wohnungstür. „Kommen Sie", sagte Jean leise, „wir sollten uns ein ruhiges Plätzchen suchen und abwarten, bis das Notwendige erledigt ist. Dann können wir in einer Kapelle Abschied von ihr nehmen und Sie können nach Ihrem Belieben handeln. Ich werde Sie noch wie gehabt unterstützen."

Weitere Bücher von Karl-Heinz Haselmeyer

Elitefrauen

Der Roman befasst sich mit dem Phänomen der Zeit verpackt in eine spannende Geschichte. Ein Team von Astronautinnen bricht zu einer Reise ins Universum auf, bei der laut Plan erst die nächste Generation die Erde wieder erreichen kann. Unerklärliche Zeitphänomene ändern alle Reisepläne. Als das ursprüngliche Frauenteam, kaum gealtert, wieder zur Erde zurückkehrt, sind Jahrhunderte vergangen und die Menschheit befindet sich durch technische Verselbstständigung im Niedergang. Durch den Einsatz der Frauen können die Gefahren, die der Menschheit drohen, abgewendet werden. (Amazon Deutschland, 2017)

Das Fenster zur Evolution

Abenteuer in einer unberührten Natur. Nach einer Umweltkatastrophe existieren die Überlebenden in isolierten Städten und werden kybernetisch mental reguliert. Die Umwelt ist für Menschen tabu. Zur Vorbereitung einer Raumfahrt wird eine Versuchsperson ungeregelt in die Tabuzone gesandt, macht Erfahrungen mit der für ihn neuen Selbstständigkeit und erlebt die von Menschen verschonte Natur. Er muss sich mit wilden Tieren und den Naturgewalten auseinandersetzen und lernt andere Lebensformen sowie Affen kennen, dich sich unabhängig von den Menschen weiterentwickelt haben. (Amazon Deutschland, 2017)

Uropageschichten

Der Urgroßvater erzählt seinen Enkeln von seiner Kindheit und Jugend in der Kriegs- und Nachkriegszeit in Göttingen. Ein warmherziges Jugendbuch, das auch für Erwachsene interessant ist.(Amazon Deutschland, 2017)

Symbiose

In der Gesellschaft nimmt die Tendenz zur Selbstoptimierung zu. Was hat das für Auswirkungen auf die Persönlichkeit und die menschlichen Beziehungen, wenn ein Mensch durch die Symbiose mit technischen Objekten eine enorme Gedächtniskapazität und eine hervorragende Denkfähigkeit bekommt? In diesem Science Fiction setzt sich Karl-Heinz Haselmeyer kritisch mit den wachsenden Möglichkeiten der Medizin auseinander. (Amazon Deutschland, 2018)

Terroristen

Was wäre, wenn es einer Terrororganisation gelänge, die Herrschaft über den Erdball zu erringen? Könnte man dann dem Ideal der Gewaltlosigkeit treu bleiben oder wäre es nicht Pflicht, sich mit allen Mitteln zu wehren?

Ein junger Gotteskrieger bereist die Erde auf der Suche nach Naturschönheiten und kommt dabei mit den unterdrückten Menschen in Berührung. Er verliebt sich in eine Wildhüterin im Yellowstone Park. Als er erfährt, dass der Beherrscher der Erde eine vernichtende Eruption im Park auslösen und damit wohl alle Bewohner des gesamten Kontinents vernichten will, kämpft er gemeinsam mit den Bewohnern für ihre Rettung auch um den Preis der eigenen Vernichtung.(Amazon Deutschland, 2018)

Der verbotene Planet

Expeditionen zu einem erdähnlichen Planeten scheiterten unter seltsamen Umständen und endeten in einer Katastrophe. Der Planet wurde unter Quarantäne gestellt und jegliche Landung verboten. Die Besatzung eines havarierten Raumschiffes muss auf diesem Planeten notlanden. Die Überlebenden werden von einem Raumkreuzer gerettet. Das Rettungsraumschiff gerät anschließend insbesondere durch eine mysteriöse Krankheit in Schwierigkeiten. Unter großen Verlusten kann das Geheimnis des verbotenen Planeten geklärt werden.(Amazon Deutschland, 2019)

Interaktiv

Ein Fachmann der „Künstlichen Intelligenz" schildert den Versuch, der Leistung des menschlichen Gehirns nahe zu kommen, und erzählt von den damit verbundenen Problemen. Im Zwiegespräch mit der geschaffenen Apparatur werden wissenschaftliche Themen aus der Teilchenphysik und der Kosmologie sowie zivilisatorische Entwicklungen angesprochen. In kurzer Zeit ist der Rechner seinen Schöpfern überlegen, kann von ihnen nicht mehr kontrolliert werden und geht eigene Wege, was seinen Betreuer in große Schwierigkeiten bringt. (Amazon Deutschland, 2019)

Eisige Höhen

Bei einer unheimlichen Begegnung wird ein normaler Bürger durch Drogen aus seinem einfachen Leben gerissen. Er wird ein gefühlloser Karrierist, dem ein schneller Aufstieg in der politischen Gesellschaft vorgezeichnet ist. Zu spät merkt er, dass er ein machtloses Werkzeug in den Händen einer Verschwörung ist. Vorsichtig versucht er, sich daraus zu befreien. Als die Verschwörung aufgedeckt wird, gilt er zunächst als Hauptverdächtiger, wird aber teilweise rehabilitiert. Was bleibt, sind Scham und Sehnsucht nach seinem einfachen Leben.(Amazon Deutschland, 2020)

Homunkulus

Die alte Geschichte des synthetischen Menschen wird unter modernen Aspekten aufbereitet. Im Vordergrund stehen die Fragen: Was ist Leben und wie ist ein Bewusstsein mit der Erkenntnis und der Intelligenz verknüpft, aber auch, welchen Platz haben Gefühle in diesem Zusammenhang? Fragen, die sich bei weiterem Fortschritt der IT-Forschung wohl einmal stellen könnten. Das geschaffene technische Wesen ist nach kurzer Entwicklungszeit seinen Schöpfern intellektuell überlegen und entgegen allen Erwartungen entsteht eine wechselseitige enge gefühlsmäßige Bindung.(Amazon Deutschland, 2020)

Genderfrei

Nur wenige Menschen konnten einer irdischen Katastrophe entfliehen und leben in einer Höhle hundert Meter unter der Mondoberfläche. Sie suchen einen Neuanfang, ohne in die verhängnisvollen Fehler der Vergangenheit zurückzufallen, die fast zur Vernichtung der Menschheit geführt hatten. Da Sprache das Bewusstsein formt, sollen alle Diskriminierungen im Sprachgebrauch abgeschafft werden. In genderfreier Sprache werden die Nöte und Zwänge der Überlebenden geschildert, denen nur ein Ausweg bleibt, sie müssen versuchen die zerstörte Erde neu zu besiedeln.(Amazon Deutschland, 2020)

Habilitation

In Form einer wissenschaftlichen Habilitationsarbeit wird geschildert, wie nach einer Klimakatastrophe die Manipulationen an der Keimbahn von Menschen mit dem Ziel einer höheren Hitzetoleranz zu einer neuen Spezies führten. Die gezüchteten Thermophilen vermehrten sich stark und es entstanden Probleme des Zusammenlebens. Nach Versuchen, die Venusatmosphäre zu reinigen und die Temperatur dort zu senken, wurden die Thermophilen ausgesiedelt.(Amazon Deutschland, 2021)

Kontakt

Auf der Suche nach außerirdischem Leben stoßen Wissenschaftler auf Signale, die sich von natürlichen abgrenzen lassen. Versuche, diese Signale zu entschlüsseln, scheitern. Ähnlichkeiten mit dem genetischen Code bringen Forscher dazu, die Signale biochemisch in Materie zu überführen. Diese Versuche münden in eine Katastrophe und müssen gewaltsam beendet werden.(Amazon Deutschland, 2021)

Thomas

Die Innen- und Außenwelt eines kritischen Realisten wird gespiegelt in einem Zeitraum von achtzig Jahren. Das Symbol der geistigen Auseinandersetzung ist der „ungläubige Thomas". Zeitgeschehen, Geschichte und Reflexionen wechseln in bunter Folge. Eine sehr persönliche Geschichte. (Amazon Deutschland, 2021)

Bildet Sprache Bewusstsein?

Die künstliche Nachbildung eines neuronalen Cortex ist ein Quantensprung in der digitalen Datenverarbeitung. Damit taucht die Frage auf: kann sich in einem elektronischen Schaltkreis Bewusstsein entwickeln? Eine Arbeitsgruppe in dem Forschungszentrum geht dieser Frage nach. Der Satz: Sprache prägt das Bewusstsein erweist sich als eine falsche Fährte.(Amazon Deutschland, 2021)

Geschenkte Gedanken

Ein Studium an einer Eliteuniversität in den USA und ein Großvater, der die weltanschaulichen Gespräche mit seinem Enkel vermisst und ihm seine Gedanken per E-Mail weiterhin mitteilt. Der Student aus Deutschland findet die Frau seines Lebens und einen guten Freund, aber mit seinem Großvater bleibt er auch in der Ferne eng verbunden. (Amazon Deutschland, 2021)

Gier

Ein von Gier getriebener erfolgreicher Geschäftsmann schildert auf dem Krankenbett seinen Aufstieg und seinen selbstverschuldeten Absturz. Selbst seine schlimmen Erfahrungen können nicht verhindern, dass er später wieder den Verlockungen der Gier erliegt.(Amazon Deutschland, 2021)

Nachwelt

Es ist nicht gelungen die Biosphäre zu stabilisieren, die Menschen mussten sich als letzten Ausweg aus der Natur zurückziehen. In ihrem selbst erwählten Ghetto verlieren sie sich immer mehr in eine imaginäre Traumwelt. Ein junges Paar möchte sich dieser

Entwicklung entziehen und bricht auf in eine menschenleere geschädigte Welt. (Books on Demand Norderstedt 2022)

Der Traum von der Zelle

Ein Blick in die nahe Zukunft, in der die emissionsfreie Energieproduktion die Umweltprobleme nicht nachhaltig beheben konnte. Viele Menschen verlieren ihre Lebensgrundlage und strömen in Gebiete, die noch nicht so stark betroffen waren. Dadurch entstehen gefährliche gesellschaftliche Entwicklungen. Ein Wissenschaftler entwickelt eine Methode, um das Schmerzempfinden abzuschalten. Als er sieht, dass seine Erfindung missbraucht werden kann, versucht er auf die Gefahren hinzuweisen, In seinen Vorlesungen erregt er Aufsehen und Widerspruch. (Books on Demand Norderstedt 2022)

Grenze der Vollkommenheit

Durch einen Kontakt mit einer interstellaren Intelligenz gerät für einen großen Teil der Menschheit das Leben in andere Bahnen. Begriffe wie Persönlichkeit, Intelligenz und Subjektivität müssen neu definiert werden. Mit einem zweiten Kontakt einer unbekannten Existenzform wird alles bisherige Leben in Frage gestellt. (Books on Demand Norderstedt 2022)

Bunkerleben

Vor einem Angriff mit atomaren Waffen können nur wenige Menschen in sicheren Bunkern Schutz suchen.

Ist in einem Bunker ein Überleben möglich oder ist der Aufenthalt tief in der Erde nur ein verlängertes Sterben? Scheinbar in Sicherheit, zeigt sich, wie sehr der Mensch mit seiner Umwelt verbunden ist.

Im Bunker entstehen menschliche Interaktionen, Menschen sind sehr adaptionsfähig, Isolation und Platzmangel können den Überlebenswillen nicht brechen. Aber die Nahrungsvorräte und künstlich erzeugten Nahrungsergänzungsstoffe reichen nicht aus. Es bleibt nur im Bunker zu verhungern oder ihn zu verlassen. (Books on Demand Norderstedt 2022)

Der Bärentöter

Eine bäuerliche Sippe der Eisenzeit war mit der Geschichte ihrer Vorfahren eng verbunden. In den Erzählungen der Ältesten führten sie ihre Herkunft auf einen steinzeitlichen Jäger zurück und erzählten von Jagden auf Tiere der Frühzeit wie Mammut und Höhlenbär, die längst ausgestorben waren. Ein spannendes Buch, das auch für Jugendliche interessant ist. (Books on Demand, Norderstedt 2022)

Der Hausmeister

Die Erderwärmung hat bei steigendem Meeresspiegeln zu großen Landverlusten geführt, und da außerdem in anderen Zonen durch ausbleibenden Regen fruchtbare Böden in Wüsten verwandelt wurden, ist weltweit die Nahrungsmittelproduktion eingebrochen. Große Teile der Weltbevölkerung mussten ihre Wohngebiete aufgeben und hungern. In dieser Notsituation haben

radikale nationalistische Tendenzen in den noch
bewohnbaren Gebieten starken Auftrieb erhalten und
sich zu militanten Gruppen zusammengeschlossen.
Neben den bedrohten Lebensbedingungen der Menschheit geraten auch die demokratischen Freiheiten der
Menschen durch Terror und Angst in Bedrängnis. Ein
junger Journalist, der sich für die Demokratie einsetzt,
gerät in den gefährlichen Fokus der Nationalisten.
(Books on Demand Norderstedt 2023)

Der Flug der Eule

Gedanken zwischen Erinnerung und aktuellen
Ereignissen. Kann das helfen, sich dem
Unbegreiflichen anzunähern? Im Vergangenen sollte
der Samen für Zukünftiges zu finden sein. Was bleibt,
ist Ratlosigkeit. (Books on Demand Norderstedt 2023)

Zwei Welten

Um die Existenz der Menschheit zu sichern, wird eine
tiefgreifende Trennung eingeführt zwischen Menschen,
die sich vermehren dürfen, aber auf jede Technik
verzichten müssen, und Menschen, die auf Nachwuchs
verzichten, dafür die technische Welt genießen können.
In der technischen Welt konnte sich durch eine Kreis-
laufwirtschaft ohne Energieprobleme die digitale Welt
voll entfalten. Aus der ärmlichen Welt wurden nach der
Schulbildung junge Menschen nach einer Sterilisation
in die Welt der Hightech und des Wohllebens
aufgenommen. (Books on Demand Norderstedt 2023)

Begreifen

Mit den Sinnen erfassen, vergleichen, integrieren und in das bestehende Weltbild einordnen, alles das ist in dem Wort „Begreifen" enthalten. Aber unser Weltbild ist sehr begrenzt und Vieles, was wir als Information aufnehmen, sprengt unsere Maßstäbe und widerstrebt dem kritischen Verstand. Wir nennen es Wunder. Wunder müssen nicht, aber können hinterfragt werden. Wichtig ist, das wir Wunder wehen und nicht darüber hinweggehen. . (Books on Demand Norderstedt 2023)

Nennt mich aus Gewohnheit KI

Künstliche neuronale Netzwerke haben einen ganz speziellen Reiz. Bleibt das, was wir KI nennen, ein Werkzeug oder können wir Menschen einmal ein Werkzeug digitaler Vernunft werden? In einer Zeit, in der sich abzeichnet, dass die Menschheit den von ihr geschaffenen Problemen nicht gewachsen ist, ist das ein verführerischer Gedanke. . (Books on Demand Norderstedt 2024)

Lieber Gott, mach mich fromm, dass ich in den Himmel komm

Das Buch handelt von der Suche eines Agnostikers nach dem Verständnis für religiöse Glaubensinhalte. Im Hintergrund steht die Frage, was leisten die drei mosaischen Religionen bei der Lösung der Probleme unserer heutigen Welt. (Books on Demand Norderstedt 2024)

Die Abschaffung des Kapitals

Das komplizierte Geflecht der Weltwirtschaft baut auf einfachen grundlegenden Bausteinen auf. Das Verständnis dieser Grundlagen hilft dabei, eine Sicht auf die Dynamik, die diesem System zu eigen ist, zu gewinnen. Damit erlangen wir auch Einsichten auf Gefahren, denen wir in heutiger Zeit gegenüberstehen. (Books on Demand Norderstedt 2024)

Fragiles Dasein

Eine Reise von vielen Jahrzehnten in die Zukunft. Wegen der Erderwärmung musste die Menschheit die Erdoberfläche verlassen und führt nun in unterirdischen Städten ein Leben auf hohem technischen Niveau. Ein abnormaler Sonnensturm unterbricht die oberirdische Energieerzeugung und zerstört damit die unterirdische Existenzgrundlage. (Books on Demand Norderstedt 2024)

Gedichte und Bilder

Gedichte und eigene Gemälde aus fünf Jahrzehnten (Books on Demand Norderstedt 2024)

Geschehenes und Ungeschehenes

Angeregt durch ein Gespräch mit einem jungen Mann versucht ein alter Schriftsteller, die menschliche Geschichte aus einer tausendjährigen Perspektive zu sehen, um aus dieser Sicht auch Einblicke zu bekommen in das, was für ihn noch Zukunft ist. (Books on Demand Norderstedt 2024)

Die Mission

Der Raumflug, zum Mond und gar zum Mars, wie viel Phantasie und Ressourcen fließen in dieses Projekt. Kaum gibt es Stimmen, die dieses Streben hinterfragen. Dabei tritt in diesem Zusammenhang die Frage nach der Position der Menschen zu der gesamten Biosphäre unserer Erde deutlich zutage. Was sind wir losgelöst von den Bedingungen, die uns schufen und denen wir unterliegen und die wir leider mit den Füßen treten? Jagt die Menschheit Illusionen nach, um sich nicht der bitteren Realität unserer Umwelt stellen zu müssen? In einem Abenteuer einer Raumfahrtgeschichte finden diese Fragen ohne wissenschaftliche Vertiefungen einen Raum. (Books on Demand Norderstedt 2025)

Maßstäbe

Gibt es ein erfülltes Leben im Altersheim? Gegen alle Erwartung kann es im Sinnes eines Goethe-Zitates „wer immer strebend sich bemüht", gelingen. (Books on Demand Norderstedt 2025)

© 2025 Karl-Heinz Haselmeyer
Verlag: BoD · Books on Demand GmbH,
Überseering 33, 22297 Hamburg, bod@bod.de
Druck: Libri Plureos GmbH,
Friedensallee 273, 22763 Hamburg
ISBN: 978-3-8192-1198-0